느낌으로 간다

최진하

느낌으로 간다

발 행 | 2022. 1. 14.

펴 낸 곳 | 주식회사 부크크
지 은 이 | 최진하
지도·감수 | 강정희, 서영희
주 관 | 부천시
시 행 | 부천시립상동도서관, 부천부흥중학교
주 소 | 서울특별시금천구가산디지털1로119 SK트윈타워A동305호
전화 | 1670-8316
이메일 | info@bookk.co.kr
isbn->979-11-372-7040-4

이 책은 유네스코(UNESCO)문학창의도시 부천시가 주관하고 부천시립상동도서관이 시행하는 〈중학생 대상 일인일저 책쓰기〉프로그램에 의해 출간되었습니다.

느낌으로 간다

최진하

학교 책쓰기 반이라는 곳이 있어서 나는 좀 문학의 소질이 있는 것 같으니까 한 번 해볼까? 라는 마음을 가지고 들어와서 책 쓰기의 기초를 알고 원고를 작성했는데 작성해 보다 보니까 아, 자만하지 말아야겠다 난 책 쓰기의 소질이 별로 없구나 나보다 더 잘하는 사람은 많구나 내가 좀 더 노력하고 더 열심히 해야겠다는 다짐을 했었다.

그 다짐이 다른 일로 계속해서 못하다 보니 한순간의 밀리기 시작하면서 귀찮다는 마음이 들고 하기 싫다는 생각에게 잠식되어 가다가 책을 출간하는 시간이 코앞까지 다가오자 내가 처한 상황을 보니 내가 왜 계속 귀찮아하면서 밀었지? 이걸 언제 다 하지? 과거의 나야 왜 그랬니 하면서 과거의 나야 반성해 라는 생각을 가지고 벼락치기로 시를 써서 힘듦을 깨닫고 다시는 약속한 일이나 중요한 일이 있을 땐 할 일을 밀지 않아야겠고 벼락치기로 시를 써서 이상한 시도 많을 것입니다.

저처럼 이걸 읽는 독자분들은 벼락치기를 하지 않으셨으면 좋겠다는 생각이 들었습니다. 부족하지만 제 책을 잘 읽어주시면 고맙겠습니다. 그리고 책을 출간하는데 도움을 주신 서영희 선생님, 강정희 선생님 감사합니다!

〈목 차〉

1부 》》 들국화

2부 >> 겨울 아침

3부 〉〉 환상

| 닫는 글 |

비

아무 생각 없는 듯
창 밖에 쏟아져 오는
비를 가만히 바라보면

쓸데없는 생각들이 생각나
마음이 불편해진다

비는 참으로 사람 마음을
잘 가지고 노는 것 같다

별

서로서로 붙어
눈이 환하도록
반짝이는
저 별이 부럽다.

저기 저
쓸쓸히 빛나고 있는
별이 꼭 나인 것
같아서

웃는 얼굴

사람들은 각자 자기의
본 모습을 숨기기 위해
웃는 얼굴을 짓는다.

웃는 얼굴을
내가 보면
내가 아닌 것 같은데

새파란 하늘

물감으로
하늘을 칠한 것처럼
하늘이 새파랗다

너무나 새파란
하늘을 보니
잔뜩 숨을 들이마시고 싶다.

이러면 나도
새파란 하늘처럼
맑아지고 싶어서

꽃말

꽃들에는
각자 자기 자신을
상징하는 단어가 있다.

꽃들에
각자 있는 이 단어는
어느 이야기에서
시작된 것일까?

새벽

새벽의
차가운 바람과
텅 비어버린 공원이

왠지 나를 더
쓸쓸하게 만드는 것 같아

그냥 갑자기
눈물이 난다.

코스모스

빨간색, 하얀색, 분홍색의
꽃들이 한가득 피어 있다.

벌들과 나비가
코스모스 주변을 돌다
코스모스 위에 앉았다

아무 냄새도
안 나는 것 같은데
코스모스 주변에는
친구들이 많은 것 같다.

왜?

난 원래 이러지
않았는데
난 내가 왜 이렇게
되었는지도 모르겠는데

나 혼자만 이렇게 아프고
있는 건데
왜 다 내가
질어지고 있는 걸까?

나만의 공간

아직 닫혀있는
나만의 공간은
누군가를 받아줄 마음이 없어

언젠간 또 나를
떠나 버릴 수 있으니까

하지만 지금부턴
계속 닫혀있지는 않을 거야
나도 벗어나고 싶거든

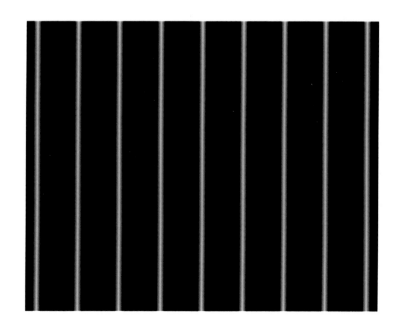

풍경화

문득 보는 내 눈앞이
너무 예뻐 보여서
가방 안에 있는 공책과
연필을 하나 꺼내
무작정 그리기 시작했다

아무 생각 없이
그림을 그리다 보니
시간이 어느 정도
흘렀는지 모르겠다

그래도 처음치곤 꽤
잘 그린 것 같다

싫증

하루하루
삶을 살아간다는 것의
벌써부터 너무나
싫증 난 것 같다

왜 어린놈이
이런 생각을 하냐고
생각할 수 있는데

나도 잘 모르겠다
그냥 너무 힘든가?

달빛

칠흑같이 새까만 밤하늘을
오로지 달빛 하나가
비추고 있다

밤하늘을
비추는 달빛이
나는 싫다

왜 칠흑같이
새까만 하늘을 비추어주는
빛이 있을까
난 새까만 밤하늘이 좋은데

들국화

가을 거리를 지나다
은은히 맡아지는
꽃향기의 반해

향기를 따라가 도착한 곳은
인적이 드문
작은 꽃 하나가
누군가를 기다리듯
활짝 피어 있다

사람이 보이니
반갑다고 인사하는 것만 같다

나뭇잎

주렁주렁
화려하고 아슬아슬하게
매달려 있다가

바람 소리와 함께
살랑살랑 바람을 타고

아스팔트 도로 위로
착지했다

바다

바다로 달려가
신나게 놀다

소금기 머금은 파도를 차마
피하지 못해
한가득 먹어버렸다

아, 이 느낌
다시 한번 느껴보고 싶다

어떤 사람

난 나쁜 사람인가?
난 착한 사람인가?

어떤 사람은 착하다 하고
또 어떤 사람은 내가 나쁘다고 한다

난 어떤 사람일까?

겨울 아침

찬바람이 내
피부를 뚫고 지나가듯
뼈가 시릴 정도로 추운
겨울 아침의 찬바람이

겨울 아침의 시작이라고
정신 차리라고
따끔하게 혼내주는 것 같다

치즈

손으로 치즈를
쭉 잡아당기면
아주 잘 늘어난다

하지만 그 치즈를
뭉치려고 얼마나
많은 힘과 노력이 들어갔을까?

난 치즈처럼 열심히
노력한 것 같은데
그냥 뚝 떨어질까?

특별한 날

아무 생각 없이
오늘을 아주 여유롭게
내가 하고 싶은 것들을
모두 다하고 말 거다

부정적인 생각도
떨쳐내고 오늘만큼은
하고 싶은 일을 하거나
아무 생각도 하지 않을 거다

오늘은 내가 정한
특별한 날이니까

꿈

나는 아직
꿈을 가지지 못 했으니
정말 실패한 인생인 걸까?

꿈이란 정확히
무엇을 뜻하는 걸까?

14살

초등학생을 끝내고
중학교의 처음 들어와
아주 무거운
짐을 짊어지기 시작한다

자괴감에 빠지기 쉽고
특히 더 감정적이게
굴기 쉬워지는 것 같다

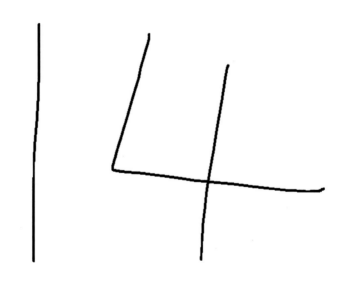

길

발길이 닿는 대로
오늘만큼은 길을
잃어버려도 괜찮아

처음 와보는 길이니까
길을 잃어도 돼
하지만 딱 오늘까지야

다시 일상으로 돌아와야지

얼굴

나의 얼굴은

마음이 울 때
웃고

마음이 화낼 때
웃는다

내가 할 수 있는
거라곤 웃는 거밖에 없으니까

식물

작은 씨앗에서
무럭무럭 자라기 시작하더니
어느새
내 허리까지 왔다

내가 성공해 본
유일한 것이었다

꿈 속의 나

내가 웃고 있다
아주 환하게 웃는 게
느껴질 정도로

햇살이 비처럼 쏟아져
내 온몸이 따뜻해지는 것 같아
우중충했던 나의 마음이
생기가 가득해진 것 같다

이 느낌이 너무 좋다
이 꿈 속에서 영원히
깨고 싶지 않았다

친구

친구는 좋은 존재다
정말 좋은 존재인가?

나한텐 너무 힘든
존재였는데

하지만 지금은 또
너무 행복해서
좋은 존재인 것 같아서

이 질문은 정답이 없는
질문인 거 같다

무지개

하늘색의 하늘 아래로
파란색의 바다 위로

일곱 가지의 색이
수놓아졌다
너무 황홀했다
일곱 가지 색의 조화가

일상

밥솥이 다 된 소리
엄마가 주방에서 요리하는 소리
동생이 소리 지르는 소리

아빠가 반찬을 차리는 달그락 소리
솔솔 풍겨오는 고기 냄새

평화로운 일상이
한순간의 없어지면

덜컥

두려워질 것 같다

파란색

언뜻 보면
차가워 보이기도 하지만

파란색이 쓰이는 곳을 보면
마냥 차갑기만 한 색이 아니니
매력이 있는 것 같다.

나도 파란색처럼 매력이
있었으면 좋겠다

남색

푸르다
진하다
차분하다

마치 내 맘같이
어둡고 파란
남색이다

보라

하늘을 겉도는 보라색
아름답고 찬란하다

멍하니 보랏빛으로 물든
하늘, 그 하늘

나를 감싸주는 너 같기에
잠시 눈을 감는다

일기

당신이랑 있던 추억들을
차곡차곡 당신과 나의 추억을

저장 하겠습니다

우리의 추억이 잊히질 않도록
나와 당신의 감정을 보관하기 위해

이 추억을 일기로 남기겠습니다

향

당신의 향이
나를 감싸 주네요

숨을 들이마시면
중독될 것 같은데
중독되어도
좋을 것 같아요

당신이니까
당신의 향이니까

빛

너만의 아름답고 예쁜
빛으로 나의 세상을
칠해줄래?

넌 이미 내 옆을
다 밝게 칠해버렸으니까

이젠 나의 세상을
밝게 칠해줘

나

지금은 그냥
힘든 것만 생각나서
나중을 생각하기엔
너무 힘들어서

난 아직 과거의
파묻혀
살고 있으니까

벗어나고 싶은데
내가 과연
벗어날 수 있을까?

여름

창문의 커튼을 걷으니
여름의 햇빛이
쨍하고 비추니

눈이 떠지지 않고
숨이 확 쉬어지지 않더니

아 이제 진짜
여름이구나

미정

입 안이 쓰다
말하기가 꺼려진다
눈을 감고 싶다

아무 생각, 아무것도
하기 싫어지는 것 같다
다 귀찮아지는 것 같다

환상

입을 앙 다물고
손을 꼭 잡고
눈을 꾹 감고

나의 세계로
들어가
인사했다

활짝 웃으며
날 반겨주는
환상 속 친구들에게

눈물

눈물이 나온다
계속해서

난 정말 쓸모없는
사람 같아서
난 뭐지?라는
생각과 함께
눈에선 계속
눈물이 나온다

느낌으로 간다

시인이 아닌데
시책을 쓴 중학생이
시를 쓴 방법은

그냥 느낌 가는 대로
시는 느낌으로
가는 거니까

| 닫는 글 |

다음은 책쓰기 위한 저의 책쓰기 추진 계획서입니다.

책쓰기 추진 계획서

주제(책 제목)	(시집) 일상생활에서의 시
예상 독자	시를 좋아하는 사람들
선정 이유	소설보다 쉬울 것 같고 언제 한 번 시를 썼는데 부모님이 잘 쓴다고 해서 시로 책쓰기를 도전해 보려고
내용 및 목차	각각의 뜻이 있는 주제를 하나씩 가지고 글을 쓸 것이다. 목차는 차차 정해갈 것이다. 시의 주제로 목차 정할 것이다.!
콘셉트	일상생활에서 볼 수 있는 여러 가지의 생각이나 상황을 짧게 쓰기
인터뷰 예상 인물	선생님
추진 일정	오늘부터 책쓰기반 끝날 때까지 (10/11) 10/11~11/24까지 매일 시 쓰기(43편) 11/17 제목 정하기, 목차, 저자 소개, 서문 작성 11/24 책 표지 디자인하기 12/1~15 고쳐 쓰기/교정하기 12/22 출판기념

다시 한번 제 부족한 시집을 읽어주셔서 감사합니다!

편집 후기

『느낌으로 간다』 첫 책 출판을 진심으로 축하드립니다. 첫 번째 책이라 애정도 가고 나중에는 흑역사라고 숨기고 싶을 수도 있습니다. 저도 첫 책은 그렇더라구요. 기생충 박사 서민 교수님도 첫 작품을 회수하고 싶었다고 합니다. 그러나 첫 책이 없었다면 두 번째 세 번째의 좋은 책이 나올 수 없습니다. 첫 책을 디딤돌 삼아 더 좋은 책을 내시기 바랍니다.

책을 쓰려면 재료가 많이 필요한데 책이 바로 그 재료랍니다. 그러니 책을 많이 읽어야 되겠지요. 그런데 시간은 유한합니다. 책은 엄청 많고요. 그래서 좋은 책 고르는데 신중을 기해야 합니다. 좋은 책을 고르는 기준을 "내 아이에게 읽어주고 싶은 책인가?"로 정하면 좋다는 이야기를 들었습니다. .좋은 책 고르는 두 번째 방법은 도서관에 가서 낡은 책을 보라는 것입니다. 새책이 아니고 왜 낡은 책이냐고요? 낡은 책은 많은 사람들의 손이 닿은 책이라는 흔적이지요. 좋은 책이 아닌데 많은 사람들이 읽지 않았겠지요. 요즘 읽은 책 중에 한 권을 추천할게요. 루리 작가의 『긴긴 밤』이라는 책인데요 짧지만 많은 생각을 하게 하는 책입니다. 문학동네 책입니다. 세 번째로 책 고르는 방법은 믿고 읽는 출판사도 있어요. 오랫동안 출판을 하는 회사들의 안목이 있는 거지요. 아무튼 늘 책이 최진하 작가님 옆에서 놀기를 바랍니다. 책만한 친구도 위안도 없답니다.

힘들더라도 견디면 좋은 세상이 오기도 하고 또 어떤 날은 기적이 일어나기도 합니다.

최진하 작가님의 첫 책 출판을 다시 한 번 축하드리며 2021년을 떠나 보냅니다.   (편집자 : 강정희)